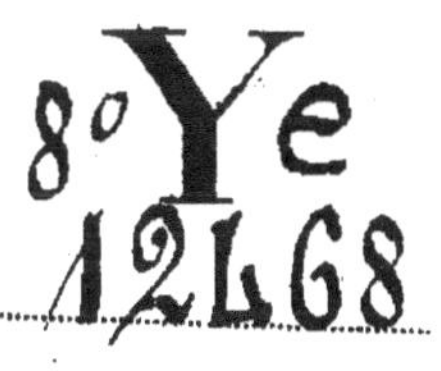

JEANNE-GABRIELLE

# POÉSIES INTIMES

De l'âme qui palpite en ce livre, deux principes se dégagent très nets ; ils étaient son essentielle substance: la Poésie et la Tendresse.

J. G.

PARIS

" LES GÉMEAUX "

66, BOULEVARD SAINT GERMAIN 66

# POÉSIES INTIMES

A mes Parents Bien-Aimés

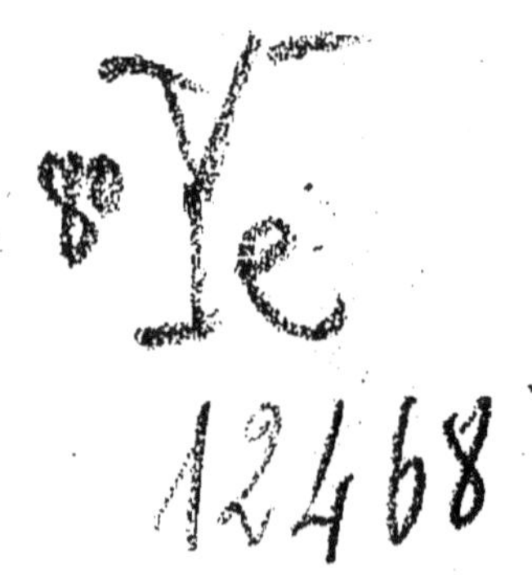



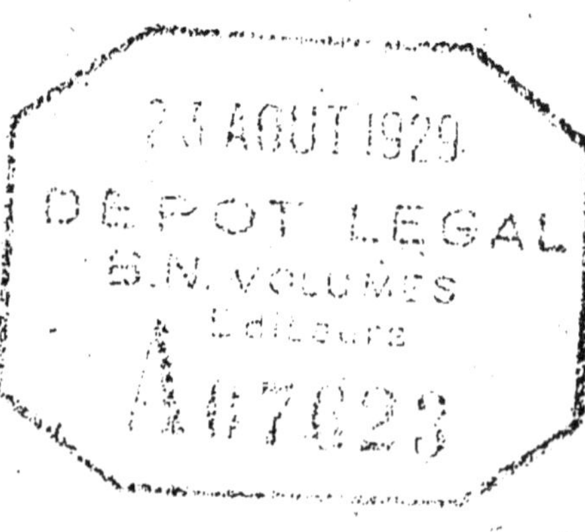

## DU MÊME AUTEUR :

---

**Le Début,** poème dit par Mlle Dumisnil, de la Comédie Française.

**Cerise!** monologue dit par Mlle Reichenberg, de la Comédie Française.

**La mort du Troubadour,** poème dit par M. R. Alléon, du Théâtre de Paris.

### En Préparation :

**Recueil de Nouvelles**.

**Ami Durand**, roman.

**Brisebarre**, pièce en 4 Actes.

JEANNE-GABRIELLE

# POÉSIES INTIMES



De l'âme qui palpite en ce livre, deux principes se dégagent très nets ; ils étaient son essentielle substance : la Poésie et la Tendresse.

J. G.

PARIS
" LES GÉMEAUX "
66, BOULEVARD SAINT-GERMAIN, 66

# A MA MÈRE

(DÉDICACE DU DÉLIRE — UN DE MES PREMIERS POÈMES)

J'ai seize ans et sens dans mon âme
Un feu qui ne saurait mourir...
Accepte sa première flamme,
Ma Mère, et laisse-toi chérir.

Va, ta Jeanne, ta fille, t'aime
Comme on n'aime pas ici-bas...
Non, sans toi, le paradis même,
Maman, ne me tenterait pas —

Ces vers sont faibles, j'en suis sûre,
Mais l'idée est bonne, crois-moi :
Un baiser sera ta censure —
Je les fis en pensant à toi !

Picolet 1882

## À MON PÈRE

### (POUR SA FÊTE)

Mon cœur, rempli d'espérance,
Reçoit un coup douloureux
S'il devine ta souffrance...
Oh ! sois heureux !

Mon amour sans cesse veille,
Tendre, partout t'escortant,
Vigilant comme une abeille —
Sois bien portant !

Si de la vie, ô mon Père,
Je pouvais borner le cours,
Je te dirais toute fière :
« Ah ! vis toujours ! »

Paris, 3 Novembre 1882

# INVOCATION

O, ma Muse, reviens... reviens ! Ton abandon
Me tue. Ah ! c'est assez. Chère Muse, pardon,
Si j'ai pu t'offenser... Regarde-moi, je pleure,
J'espère en ce moment. Avance, avance l'heure,
De l'absolution... Je ne veux plus aimer
Que toi, mais reviens-moi, laisse-toi désarmer,
Ne me condamne plus à cette solitude...
Rends-moi tes doux baisers et ma béatitude !
Tu vois bien que je souffre à perdre la raison!
Mon cœur me fait l'effet d'une vaste prison !
Où tous mes sentiments, entassés pêle-mêle,
Ne se distinguent plus... Oh ! ne sois pas rebelle
A mes cris éperdus...
                                        Quand tu m'abandonnas
Cruelle, tu fermas mon âme au cadenas.
J'aime encor, mais ne peux exprimer ma tendresse
Je bois le vin des Dieux et je n'ai plus l'ivresse!

Je pense, rêve, sens... mon esprit accablé
Se nourrit d'un pain fait sans froment et sans blé.
Tout vibre encore en moi pour tripler ma souffrance
Si je vis aujourd'hui ce n'est que d'espérance...
J'espère te fléchir ! Redonne un libre cours
A mon épanchement, ô chère Muse, accours !
J'oublierai dans tes bras mon horrible supplice.
Dieu ne peut exiger qu'on vide le calice
Lorsque l'on se repent, qu'on le remplit de pleurs...
Il abrège, crois-moi, les trop vives douleurs
Saurais-tu te montrer, toi, Muse, moins sensible ?
Alors achève-moi, car il m'est impossible
D'avaler cette lie amère jusqu'au bout !
Tout mon être frémit et ma cervelle bout,
Et la folie approche... oui, rapporte ma lyre...
Pitié ! rapporte-la pour calmer ce délire

. . . . . . . . . . . . . . . . . .
. . . . . . . . . . . . . . . . . .

Que vois je ?... C'est bien toi, Muse ?... Voilà tes yeux,
Ta bouche, ton sourire et ton front radieux...
Encor, encor plus près... Descends de cette nue !
Mon inspiration m'est enfin revenue.
Je ne veux plus mourir, mes vœux sont exaucés.
Je ne me souviens plus de tous mes maux passés.
De bonheur et d'orgueil je demeure saisie
Et je sens à longs flots couler ma poésie...
L'air s'emplit alentour de célestes accords
Et ma pensée ardente enfin reprend un corps...

Je chante, je renais !
                                        Parle, ma Souveraine,
Rafraîchit ma pensée... avee ta pure haleine.
Cache-moi, couvre-moi de tes cheveux dorés;
Je baise avec transports tes chers pieds adorés ;
Ma lyre est sur mon sein et ma main hésitante
En tire avec amour une gamme éclatante.
Etreins-moi bien, bel ange, et bannis tout effroi.
Je me réchauffe... Hélas ! sans toi j'avais si froid !

. . . . . . . . . . . . . . . . . .

. . . . . . . . . . . . . . . . . .

Ton aile se déploie au dessus de ma tête...
Que le ciel soit béni ! Je redeviens poète !...

— Paris, quelques années plus tard. —

## A MA MAMAN

Plus loin que la voûte étoilée,
Mère, là-bas... où tout est beau,
Ta chère âme s'en est allée...
Ne me laissant plus qu'un tombeau !

Explique-moi ce noir mystère,
Ma Maman... : « Pourquoi le bon Dieu
Sans toi me laisse-t-il sur terre ? »
Ne pouvais-tu m'attendre un peu ?

Bénis-moi. Je veux être femme.
Ta bonté fit beaucoup d'ingrats —
Mais elle m'a donné ton âme;
Dans ta fille tu revivras.

Paris Juillet 1889.

## SONNET A MA MÈRE

Oui... toujours je revois ta chère bouche blême
Se glacer lentement sous mon baiser ardent...
Mère, j'ai cru mourir avec toi, cependant
Des mois se sont passés, ta fille vit quand même.

Je vis ! comprends-tu ça, chère âme ? En regardant
Ta tombe, tout-à-coup, j'entends le cri suprême
Que je poussai... Faut-il qu'un être que l'on aime
Sache demeurer sourd à cet appel strident ?

O, mort, dis, qu'es-tu donc ? ô destinée amère
Donne au moins un enfant pour remplacer la mère,
Car vivre sans amour mon cœur me le défend.

Maman, tu le sais, toi, que le ciel m'a ravie :
Tu fus jusqu'à ce jour le seul but de ma vie...
A présent je voudrais, Mère... un petit enfant !

Paris, 19 octobre 1889

## PRIÈRE A MA MÈRE

Maman... demande à Dieu de te rendre grand'mère
Mon fils ! Ce serait encor toi...
Car, si j'eus du courage en ma douleur amère,
Il faut avoir pitié de moi.

J'ai mérité, crois-moi, de retrouver ton âme
Dans un bel enfant adoré,
Ange envoyé par toi... pour être mère et femme
Certes j'ai bien assez pleuré.

Voir luire sur sa bouche un peu de ton sourire,
Ton joli regard en ses yeux,
Dans sa voix retrouver ton accent... oh ! délire...
Bonheur jeté par toi des cieux !!

On ne peut à vingt ans prendre cette habitude
De ne rien chérir ici-bas —
Et j'ai l'horreur du vide et de la solitude...
Mère, ne m'abandonne pas.

Maman, chère maman... à genoux sur ta tombe,
M'abreuvant de ton souvenir,
Je sens sur mes cheveux ton doux baiser qui tombe...
Dans un autre il faut revenir !

Paris, 19 octobre 1889.

## SONNET

Une croix toute unie, et des arbres autour,
Un frais petit jardin appelant le sourire,
Un calme recueilli qu'on ne peut pas décrire...
Telle est la tombe chère où je vais chaque jour.

Hier, les yeux mouillés, priant avec délire,
J'y versai tout entier mon cœur rempli d'amour.
Bientôt je m'apaisai. L'air me semblant moins lourd,
Pour l'être qui n'est plus je fis vibrer ma lyre.

Les vers dans mon cerveau se rythmaient enlacés...
Et... je ressuscitais parmi les trépassés...
En mon esprit troublé se levait une aurore.

Sur un arbuste vert titubait un oiseau !
On eut dit qu'il était l'âme de ce tombeau. .
Et ce rêve était doux... si doux qu'il dure encore !

Paris, 20 février 1890

## A VOUS

### (A MON FIANCÉ)

Il n'est pas de plus beau poème
Que ce que je souffre pour vous ..
Pour dire à quel point je vous aime
Mes vers ne sont pas assez doux.

Je le dirai bien moins en prose
Car tout le monde m'entendrait...
Mais... je voudrais... être une rose !
Mon parfum, lui, vous le dirait.

Ou bien je voudrais être étoile,
Pour retenir longtemps vos yeux :
Mon éclat, dans le ciel sans voile,
Vous le dirait encor bien mieux,

Je voudrais être aussi la brise
Qui vient caresser votre front ..
L'amour profond dont je me grise
Les mots toujours le terniront.

Or je confie à la nuit pure,
Au zéphyr, à l'astre, à la fleur,
Au langage de la nature,
Le soin de vous montrer mon cœur

. . . . . . . . . . . . . . . . . . . . . .

. . . . . . . . . . . . . . . . . . . . .

N. B. Mon âme en votre âme enfermée
Vous aide à pousser les verroux
J'ai peut-être été bien aimée,
Mais n'ai jamais aimé que vous !

Onival, 12 août 1890.

*
* *

O Muse, viens chercher ma pauvre âme brisée,
Rapproche doucement tous ses fragments épars ;
Quand de ton long baiser je me serai grisée
Sacre-moi de nouveau sous tes brûlants regards.

Oui, sacre-moi poète, ô Muse que j'adore...
Poète je le fus, encor je le serai,
Refuse au cœur l'amour, le soleil à l'aurore,
Mais non pas ta caresse à mon front éploré.
C'est en vain que ma lyre essaya de se taire
Pendant des mois, des ans.. les célestes accords
Qui savaient apporter un coin du ciel sur terre
Réveillent mon esprit, en agitant mon corps.
Il me faut de ton chant la divine harmonie,
Loin de toi je n'ai pu me créer de bonheur,
J'ai voulu t'oublier, et j'en suis trop punie
Car sans toi je ne puis supporter la douleur.
Car ce monde est rempli de deuils et de misère
Et l'âme pour lutter a besoin d'un appui
L'enfant pour vivre heureux a besoin de sa mère ;
Moi, j'ai besoin de toi — je le sens aujourd'hui.

Je sais que sans ta voix rien n'a pour moi de charme,
C'est en vain que mes fils m'attachent ici-bas...
Ton sourire enchanteur peut, seul, sécher mes larmes.
Mes sanglots éperdus me font l'effet d'un glas—
Un glas qui dans mon cœur refoule goutte à goutte
Le meilleur de mon sang, du peu qu'on m'a laissé...
D'un long étouffement je me sens frémir toute...
Muse, viens ranimer ton pauvre oiseau blessé
L'homme m'a pris, vois-tu, mon chant pur et mes ailes,
Mon esprit palpitant, tout imprégné de toi ;
Il m'a pris ma bonté (muse, tu te rappelles,
Autrefois j'étais bonne...) il m'a laissé l'effroi:
L'effroi de l'avenir, l'effroi de toute chose,
L'effroi de lui surtout, de lui qui m'a fait mal...
Permets que je respire intensément la rose,
Muse... apporte à ma lèvre un ruisseau de cristal..
J'ai soif du beau, du grand — la matière m'écœure,
Retire-moi d'ici, ce n'est pas mon milieu,
J'étouffe et je me sens mourir heure par heure.
Viens me causer du ciel, viens me causer de Dieu.
Muse, pardonne-moi, pour que je leur pardonne
A ceux qui m'ont tout pris pour ne me rendre rien ;
Resacre-moi poète afin que je sois bonne
Et que pour tant de mal, moi je rende le bien,
Tu le sais, n'est ce pas, je n'étais pas méchante
Quand j'accordais mon luth, bénissant l'univers ?
Pour être moi, vois-tu, c'est qu'il faut que je chante,
Et je ne parle bien que si je parle en vers,

C'est qu'alors je t'entends, ô toi, ma souveraine,
Et que, comme un enfant, après toi, je redis
Ces mots divins qui sont faits pour tuer la haine,
Et donner le regret aux coupables maudits—
Vite, prononce-les ces mots que je réclame,
Dont je ne perçois plus même l'écho si doux,
Ces mots sortis de l'âme et qui vont trouver l'âme,
Qui ne blessent personne et font du bien à tous.
Quand tu m'auras rendu, ma Muse, ta tendresse
J'essaierai d'oublier ce qu'on m'a fait souffrir,
La tête sur ton sein, sous ta chaude caresse,
Entre mes deux enfants j'irai vers l'avenir...

« Je leur dirai: « Mes fils, la vie est un problème
« Que nous ne résolvons, hélas! qu'après la mort,
« Le Seigneur dit: « Pardonne » et la poésie: « Aime. »
« Aimer et pardonner, c'est cela qui rend fort.
« Mais ne commettez pas la terrible imprudence
« Que commit votre mère... ah! çà fait trop de mal!..
« D'un amour exclusif gardez votre existence,
« A toute attache humaine unissez l'idéal :
« N'adorez les mortels, enfants, qu'avec mesure,
« N'abondonnez jamais ni la muse, ni l'art —
« Ceux-là seuls vous rendront l'amour avec usure...
« Voilà le grand secret — le reste est du hasard.
« Lorsque vous essuierez quelque douleur amère
« Au lieu de devenir dans les larmes, méchants,

« N'ayant pas imité votre imprudente mère...
« Vous verrez vos sanglots se convertiren chants ! »

O Muse, viens chercher ma pauvre âme brisée,
Rapproche doucement tous ses fragments épars ;
Lorsque de ton baiser je me serai grisée
Sacre-moi de nouveau sous tes brûlants regards.

Paris, 9 octobre 1896

## A MES CHERS BÉBÉS

Pour vous, mes enfants, je veux vivre,
Pour vous je ne veux plus pleurer ;
Mon cœur, de déceptions ivre,
Ne sait plus que vous adorer.

O, mes anges.... ma récompense
En vous ne la trouvè-je pas?
Murmurer serait une offense
Quand je vous tiens entre mes bras.

Pour que le bon Dieu me pardonne
D'avoir maudit la vie un jour,
Je veux n'en vouloir à personne
Du massacre de mon amour...

De cet amour perdu dans l'ombre
Je ne garde qu'un souvenir—
Rayons brillants dans ma nuit sombre
Vous me promettez l'avenir.

Enfants, je bénis votre père,
Qui mit ma pauvre âme en lambeaux,
Parce que je suis votre mère,
O mes petits, si doux, si beaux...

Il a pu me prendre une à une
Mes illusions d'autrefois,
Je ne peux lui garder rancune,
Car c'est à lui que je vous dois.

Je pardonne et veux être heureuse,
Les pleurs ont trop brûlé mes yeux —
De tristesse ma tête est creuse...
Serrez-moi fort entre vous deux.

Le présent, sous votre caresse,
Doit suffire à mon cœur blessé,
Et, quand sur mon sein je vous presse,
Je veux oublier le passé...

Oublier ces si douces choses
Qu'on me promit avec serment?...
Le baiser de vos lèvres roses
Sans rien jurer jamais ne ment.

Et je me blottis sous votre aile
Sans plus rien craindre des humains —
Pour moi la vie encore est belle
En joignant dans mes mains vos mains.

Mes fils chéris... nulle parole
Ne peint vos regards ingénus ! —
J'excuse tout, et me console
En baisant vos petits pieds nus.

Paris, 21 octobre 1896

## DE POÈTE A ARTISTE

A M. S..., cithariste de l'Opéra, qui
avait joué à une de mes soirées.

Aux sons purs de votre cythare
Si mon regard s'est obscurci,
Mon âme, de larmes avare,
Tient à vous redire merci,

En vous écoutant, de ma vie
Hier, j'ai remonté le cours...
Je pleurais... mais j'étais ravie,
Et j'aurais écouté toujours.

La cloche était de mon village
Qui tintait dans votre instrument —
De ma mère la douce image
M'apparut, hélas! un moment...

Merci, pour le sourire triste
Qui sur mes lèvres est venu;
Je ne connaissais pas l'artiste
Et pourtant je l'ai reconnu,

Car j'ai la croyance profonde
Que tout ce qui vibre ici-bas
S'est connu dans un autre monde
Dont l'homme ne se souvient pas.

L'art est une chose divine
Qui n'a commencement, ni fin,
Et chaque artiste se devine
Sous son délicieux parfum..

Voilà comment étant poète,
Hier j'ai pleuré de bonheur...
Merci, merci (je le répète !)
Merci, monsieur, de tout mon cœur.

Paris, 2 juillet 1897.

*
* *

Dieu de bonté, de quelle argile
Mon être a-t-il été pétri ?...
Mon pouvre corps est si fragile
Et mon cœur si vite meurtri !
Mon âme, pour être perverse,
Fait souvent un bond surhumain:
Le vice abject me bouleverse,
Et je poursuis mon dur chemin —
Je voudrais être malhonnête,
Ruser, prendre la clef des champs...
Hélas ! je ne suis que poète
Et mon courroux s'exhale en chants.

. . . . . . . . . . . . . . . . .

Bien qu'ayant, très soif de tendresse
De soins ardents, et de bonté,
Mon moi terrible se redresse
Devant la moindre lâcheté.
Je demande mon origine
Au Seigneur qui tailla ma croix...
Et quelquefois, je m'imagine
Que je suis née au fond des bois —
Tant ce que m'inspire le monde
Me donne presque un haut le cœur...

. . . . . . . . . . . . . . . . .

Oh ! c'est une erreur profonde
D'attendre de lui du bonheur —
Pour vous consoler d'une peine
Il offre des moyens affreux,
Qui vers un gouffre vous entraîne...
Il vaut mieux rester malheureux.

La larme vaut mieux qu'un sourire
Payé chèrement d'un remords.
Sanglote, mon cœur, sur ma lyre
Et vibre dans de longs accords...

Paris, 18 mars 1898.

## A TOUS MES ENFANTS
(VRAIS... ET... D'ÉLECTION)

Je vous aime, grands et petits,
Vous le savez, ô ma nichée —
Et de vous tous, filles et fils,
Mon cœur ne fait qu'une bouchée.

Saurai-je vous guider, hélas !
Dans la route par moi suivie ?
Et ne serez-vous jamais las
De voir avec mes yeux la vie ?

J'en doute un peu... j'en doute fort !
Tout oiseau se fie à son aile...
La mère conjure le sort,
Mais on ne reste pas près d'elle.

Je vous verrai... (quel rêve affreux !)
Un à un quitter ma demeure —
Ah ! ne soyez pas malheureux
Si vous ne voulez que je meure.

Et le bonheur, croyez-le bien,
En ce bas monde est éphémère —
Mes pauvres enfants... il n'est rien
Qui vaille l'amour d'une mère !

Paris, 30 mars 1899.

## MES LARMES

Elles tombent, limpides gouttes,
Perles cherchant un vague écrin...
Puis elles s'évaporent toutes
A mon indicible chagrin —

Ce trésor, que nul ne soupçonne,
S'échappe et ruine mes yeux...
Sans enrichir, hélas ! personne —
On ne devrait pleurer qu'à deux.

Coulez, coulez, larmes amères,
Larmes d'espoir, ou de regrets,
Arrosez rêves et chimères,
Et ne vous dissolvez qu'après.

Doux fleuve... prenez votre course,
Fécondez, calmez la douleur —
Mais n'oubliez pas votre source,
Et du cœur allez vers le cœur.

Si quelque pauvre âme en délire
Voulait arrêter votre cours
Continuez, larmes, à bruire,
Et, l'emportant, coulez toujours,

Vous rencontrerez d'autres larmes,
Avides de se joindre à vous,
Et vous redoublerez de charmes,
O pleurs, tombés de tant d'yeux fous !

Vous traînerez de l'espérance,
Mes larmes, dans vos flots sacrés,
Tous ceux que courbe la souffrance
Voudront aller où vous irez :

A cet océan de tendresse
Où vient s'effondrer tout chagrin...
Perles du cœur, roulez sans cesse,
Et vous trouverez votre écrin.

Paris, 27 mai 1899.

*
* *

Sur le sommet des monts j'ai vu la neige blanche,
J'ai vu crouler les flots au fond du gouffre affreux,
Sous le poids des fruits mûrs j'ai vu ployer la branche
Mais je n'ai jamais vu de gens vraiment heureux !

. . . . . . . . . . . . . . . . . . . .

Paris, 9 mai 1899.

## APRÈS L'ORAGE

Ce tantôt l'orage a grondé,
La foudre a fait luire sa flamme...
Et moi je me suis demandé
Ce qui se passait en mon âme ?

Le tonnerre dans le lointain
Psalmodiait... sa voix troublante,
Que l'écho renvoie incertain,
Modulait une gamme lente.

C'était beau, mais terrorisant.
Au milieu de ce grand vacarme,
Mon pauvre esprit agonisant
Dans mes yeux cherchait une larme,

Et pas plus les larmes que l'eau
N'arrosaient l'âme ni la terre,
Partout l'angoisse du tombeau,
Toujours l'éclair et le tonnerre.

Toujours le désespoir sans nom,
L'épouvantable sécheresse...
Comme sous un coup de canon
Le corps par moments se redresse,

Et le cœur avec l'ouragan
Gémit en un vaste délire —
Une minute semble un an,
La raison tout à coup chavire,

L'air devient de plus en plus lourd,
Frappante image de la vie :
L'âme réclame un peu d'amour
Et la campagne un peu de pluie,

, . . . . . . . . . . . . . . . . . . . . .
. . . . . . . . . . . . . . . . . . . . . .

Mais Dieu, dont les desseins sont grands...
Eut pitié de l'âme et des choses ;
Mes pleurs coulèrent à torrents...
Et la pluie abreuva les roses !!

Paris, 20 juin 1899.

## GERBE DE ROSES

Rouges, blanche, thé,
Fraîchement écloses,
Reines de beauté,
Salut, riches roses !

Tout près de mon cœur
Frémit chaque tige —
Puis, à leur senteur,
J'ai presque un vertige.

Je perçois des voix
Au fond des corolles,
Par instant je crois
Saisir des paroles.

Le parfum si doux,
Qui pour moi s'exhale,
Met des baisers fous
Sur ma lèvre pâle.

On voudrait mourir
Sous cette caresse...
Et je vois s'ouvrir
Des boutons sans cesse.

Une goutte d'eau.
Dans chaque calice,
Ainsi qu'un joyau,
Scintille — puis glisse...

Glisse dans mes yeux
Y devenant larme,
Et mon cœur, heureux,
Soudain cède au charme.

Ne vous fanez pas,
O roses d'une heure,
Restez dans mes bras,
Ou bien que je meure !

Ah ! Dieu de bonté,
Prêtez moi des ailes ! —
Rouges, blanches, thé...
Partir avec elle !!

Paris, 23 juin 1899.

## MA LANGUE

Ma langue, qu'on ne comprend pas
Moi je la parle avec ivresse,
Je la parle, seule, et tout bas,
Sa vibration me caresse...

Me caresse l'âme et l'esprit,
Calmant les soucis, la souffrance,
Le regret qui parfois aigrit...
Me versant des flots d'espérance.

Oui, j'espère qu'un jour, plus tard,
Dans l'éternité sans mesure,
En un pays tout pétri d'art,
On parlera ma langue pure.

Sans doute j'y rencontrerai
Une âme à mon âme pareille,
Dont la voix au timbre adoré
Enfin charmera mon oreille.

Et j'entendrai ces mots si doux
Qui vibrent comme une musique,
Qui ne s'écoutent qu'à genoux
Avec une ferveur mystique,

C'est toujours sans succès, mon Dieu.
Que je cherche un écho sur terre.
Je sens trembler ma lèvre en feu,
Hélas ! et je ne peux me taire.

Je parle, seule, éperdument...
Et cela chante, et cela rime —
Voilà la joie et le tourment
Qu'on me reproche comme un crime.

Et je nage ainsi qu'en pleine eau,
Dans le lac pur de ma pensée,
Et rien n'apaise mon cerveau
Mieux que ma langue cadencée ;

Elle calme tous mes transports
Avec sa céleste harmonie, —
Grâce à ses suaves accords
Malgré tout je suis bien bénie.

Mes yeux se perdent dans l'éther —
La vie avec tous ses désastres
Ne me laisse au cœur rien d'amer
Quand je converse avec les astres.

Et les rimes vont s'accouplant
Dans une union chaste et pure,
Tandis que le vers vif ou lent
Conserve une élégante allure.

On dirait un parc enchanté
Rempli de myrifiques choses,
Où brille un éternel été,
Embaumé d'éternelles roses.

Et je laisse errer mon regard,
Et ma narine se dilate —
Le soir, cheminant au hasard,
A chaque pas mon âme éclate...

Eclate en déchirants sanglots
Qui viennent ranimer ma fièvre,
Et des mots, tous rythmés, des mots
Fous, vont se pressant sur ma lèvre.

Puis, titubante, je m'en vais
Où mon rêve étoilé m'emporte...
Bien loin de ce monde mauvais
Que je quitte avant d'être morte.

C'est de la myrthe ou de l'encens
Qui semble environner ma lyre,
C'est l'ivresse de tous mes sens
Que je trahis en un délire.

Oubliant tous les maux soufferts
Mon sein de bonheur se soulève,
Lorsque dans de magiques vers
J'arrive à formuler un rêve.

Et cela monte haut, si haut
Que nul mortel ne pourrait suivre —
Quelle tristesse quand il faut
Après recommencer à vivre ! —

Vivre dans ce milieu banal
Où, sans le vouloir, je m'agite,
Dont l'exigence me fait mal
Et dont je voudrais sortir vite.

J'écoute le concert sans fin
Que je me donne en égoïste...
C'est comme un suprême parfum
Qui s'épand sur mon cœur d'artiste.

Très loin de ces profanes lieux,
Où je ne peux être comprise,
Ma langue je la parle aux cieux
Qu'un baiser de l'aurore irise...

Et l'infini m'absorbe en lui,
Me répondant à chaque phrase...
La douleur d'être seule a fui
Faisant soudain place à l'extase...

. . . . . . . . . . . . . . . . .

. . . . . . . . . . . . . . . . .

. . . . . . . . . . . . . . . . .

. . . . . . . . . . . . . . . . .

Paris, 29 Juin 1899.

## PROMENADE SUR L'EAU

On rit autour de moi, l'on jase,
Le canot glisse sur les flots,
Mon âme se remplit d'extase
Et mon cœur se brise en sanglots.

Cependant la vie est très douce ..
Puisque le ciel est bleu, tout bleu,
Puisque le zéphire nous pousse.
Et que je puis rêver un peu ?

Mais tant de gaîté me rend triste
Je m'isole au milieu de tous.
Est-ce un bonheur que d'être artiste
Et poète... qu'en pensez vous ?

Oh ! oui, c'est un bonheur suprême —
Que le monde dérange, hélas !
Quand les chers absents que l'on aime.
Avec nous ne le goûtent pas.

Je regarde, comme en délire,
Les points de vue intéressants,
Et nul dans mes yeux ne peut lire
Le grand trouble que je ressens.

Notre barque, qui se balance,
Berce mon rêve — et, dans mon coin,
Je garde un obstiné silence. . .
Ma pensée est perdue au loin.

L'onde calme, qui se déroule
Me cause du passé lointain !
Les regrets m'arrivent en foule...
On cherche à me distraire en vain.

Les nénuphars jaunes, sans nombre,
S'étendent sur les bords ombreux,
Tandis qu'au fond de cette eau sombre
Plonge mon regard ténébreux.

Bientôt vers la céleste voûte
Se relève mon front brûlant,
La rame pleure — je l'écoute,
L'esquif avance grave et lent...

. . . . . . . . . . . . . . . . . . . . . .
. . . . . . . . . . . . . . . . . . . . . .

Tout-à-coup une immense joie
Dans mon cœur s'étend largement —
Toute ma détresse se noie
Dans la clarté du flot dormant ;

Une image chère, très chère,
M'apparait — mais sans traits humains,
C'est comme un fleuve de lumière...
Radieuse, je joins les mains.

Adieu la triste rêverie !
A nous le rire et le soleil;
A nous la tendresse et la vie,
A nous l'éblouissant réveil !

A nous l'ivresse sans seconde
D'accorder un luth adoré,
Et de diviniser le monde
Dans notre langage éthéré,

La nature est belle, très belle,
Tout à l'heure j'ai blasphémé —
Je la vois et je vis en elle,
Et j'en repais mon œil charmé.

Les saules au terne feuillage
S'argentent sous un lent rayon,
Et le clocher d'un vieux village
Nous lance son gai carillon.

Les algues traînent dans l'abime
Comme mes chagrins disparus,
Tout le paysage est sublime
Avec ses tons tendres ou crus !

Vert noirâtre et vert d'émeraude,
Reflétés au mouvant miroir,
Avec une éloquence chaude
Nous parlent clairement d'espoir..

Espérons puisque tout l'ordonne —
Vive l'air pur ! vive l'été ?
Tout me ravit, et tout étonne
Mon sang qui coule en liberté,

Grâce à toi... vision, chimère,
Qui de loin en loin m'apparais,
Je chasse ma douleur amère,
Et bois du bonheur à longs traits !!!

Combe-la-Ville, 30 Juillet 1899.

*
* *

Le cor retentit tout là-bas,
Les bois disent de grandes choses...
Les branches font l'effet de bras,
Le ciel bleu prend des teintes roses —

Et ce son clair dans le lointain,
Cette voix vibrant sans paroles,
Chaque arbre avançant, incertain,
Ses bras pour des étreintes folles.

Le dôme d'azur rougissant
Sous le long baiser de la brise,
Et le silence étourdissant
Que je savoure et qui me grise...

Tout immortalise ce jour
Dont le souffle ardent me caresse,
Car tout chante un hymne d'amour —
... Et mon cœur se fond de tendresse !!!

Villebon, 6 Août 1899

# VOYAGE NOCTURNE

Le train précipite sa course
Avalant l'espace à longs traits;
Moi, je regarde la grande Ourse
Qui semble lui courir après.

Claire, et discrètement voilée
La nuit ouvre son long manteau
Que brode la voûte étoilée...
Rien n'est si riche, ni si beau !

Les astres scintillent sans nombre...
Et le train s'enfuit follement;
Mon regard s'enfonce dans l'ombre,
Et je médite éperdûment.

Ainsi se déroule la vie :
Nous courons vers un but lointain
L'âme sans cesse poursuivie
Par notre désir incertain.

L'étoile brillante qui file,
Et disparaît on ne sait où,
Est l'image, nette et subtile,
De notre rêve le plus fou.

Arbres, champs, rivières — tout passe
En une indécise clarté.
Le front appuyé sur la glace
J'écoute mon cœur agité;

Il bat à rompre ma poitrine...
Si l'on pouvait ainsi mourir !
Quelle sensation divine !
Le train continue à courir.

Va, fends l'air, va, locomotive...
Siffle — tu ne me gênes pas.
Ton allure emportée avive
Ma joie et mon tourment, hélas!

Et seule, dans la nuit confuse,
Je trouve un attrait infini —
Des ténèbres surgit ma Muse
Qui me fait un signe béni.

Je la salue avec ivresse —
Le train accélère son cours —
Fantôme adoré qui se dresse...
O, ma muse si belle, accours,

Accours — dans une chaste étreinte
Viens bercer ton enfant souffrant.
Pour apaiser sa sourde plainte
Donne ton baiser délirant ! ..

. . . . . . . . . . . . . . . . . .

Fuyez pays, glissez étoiles,
Train de la vie, emporte nous !
Ma Muse a rejeté ses voiles,
Et je suis tombée à genoux.

Le jour point, voici la lumière,
Je veux vivre sans blasphémer —
Mon chant devient une prière,
Et prier c'est encore aimer !

Saint-Denis-d'Oléron, 12 août 1899.

## EN REGARDANT L'ILE DE RÈ

Par le sable fin de la grève,
Par la splendeur de l'océan,
Par les ailes d'or de mon rêve,
Par les fureurs de l'ouragan,

Par le frais baiser de la brise,
Par la pureté du ciel bleu,
Par l'âpre senteur qui me grise,
Par l'œuvre parfaite de Dieu,

Par le zéphyr qui nous caresse,
Par la lumière de ce jour...
Je vous jure que ma tendresse,
Saura rendre jaloux l'Amour !

Saint-Denis-d'Oléron, 16 août 1899.

*
* *

Le ciel a refait sa toilette,
Les nuages sont dispersés,
Et dans la nuit, la nuit complète,
On entend des bruits de baisers.

Les baisers avides des choses
Rendent parfois l'homme jaloux —
D'entendre s'embrasser les roses
Cela donne des désirs fous...

A voir l'étoile qui se dore,
Amoureuse du beau ciel bleu,
On devient plus rêveur encore
Et sur la lèvre erre un aveu.

La mousse fine se redresse
Sous le léger souffle d'amour
Du ver luisant qui la caresse,
Et brille en lui faisant la cour.

Le ruisseau dit des choses folles
Aux herbes qu'il frôle en courant,
Et les feuilles ont des paroles
Dont l'éloquence nous surprend.

Ce bruit nocturne nous enivre —
Nous voulons aussi du bonheur.
Puisque tout nous engage à vivre,
Vivons et chantons... ô mon cœur !

Saint-Denis-d'Oléron, Septembre 1899.

*
* *

O vents tumultueux, symbole de mon âme,
Tous ces flots démontés où les emportez-vous ?
Où va se dénouer l'épouvantable drame
Que promet aux mortels votre verbe en courroux ?

Vos sourds gémissements ont une angoisse folle —
Qui vous a révoltés, groupés, exaspérés ?
Vous grondez, lourdement déchaînés... Seul Eole,
Qui vous gouverne tous, peut dire où vous irez.

Vous passez près de nous comme un grand souffle immense
Echappé tout à coup du sein profond des mers —
Votre cri de fureur s'éteint, puis recommence
Semblant vous exciter à saper l'univers.

. . . . . . . . . . . . . . . . . . . .

. . . . . . . . . . . . . . . . . . . . . . . . . .

Sapez vite nos jours, sapez, triste avalanche,
Nous avons trop souffert, hélas ! pour avoir peur !
Au nautragé parfois vous laissez une planche,
A celui qui sanglote, ô vent, laissez un cœur.

Ce cœur et cette planche auront un même rôle :
Ils sauveront tous deux un être de la mort ;
Avec un appui frêle, avec une parole,
L'un conduit à l'amour, l'autre conduit au port.

Sept. 1899.

# A PICOLET

Ici mon âme s'est ouverte —
Salut, ô mon nid bien-aimé,
Avant de courir à ma perte
Je t'apporte un cœur abimé...

Las et blessé, tirant de l'aile,
Il vient regretter ton abri ;
Avec la dernière hirondelle
Il repartira tout meurtri.

Oiseau malmené par l'orage,
Il revient d'un vol douloureux
Fredonner sous ton frais ombrage
Un chant bien faible — mais heureux.

Heureux... et cependant il pleure —
D'autres te possèdent, cher nid...
Il souffre encore attendant l'heure
Où tout pour lui sera fini.

C'est ainsi... c'est la destinée...
Salut, oasis de mon cœur.
Au déclin de cette journée
Te voir n'est-ce pas du bonheur ?

. . . . . . . . . . . . . . . . . . . .

. . . . . . . . . . . . . . . . . . . .

Dans cette minute clémente
Mes chagrins semblent apaisés,
Je crois sortir de la tourmente —
Sur mon front pleuvent des baisers.

Baisers très timides des choses,
Ayant des âmes quelquefois...
Et les paupières demi-closes
Je crois entendre un chœur de voix ..

Ces voix, dont le timbre sonore
Me faisait tressaillir jadis,
Vibrent pour moi, vibrent encore,
Voix lointaines du paradis.

Me voilà!...Vous me faites signe...
Prenez-moi, mes chers trépassés,
De vous tous je suis encor digne,
Serrez-moi dans vos bras glacés.

Fermez-les ! Que nul ne me prenne.
Morts, je ne veux être qu'à vous.
Le désespoir au mal entraîne...
Aussi partir me serait doux...

. . . . . . . . . . . . . . . . . . . .

Villaria, 20 septembre 1899.

# LE JOUR DES MORTS

Regrets récents, regrets vieillis,
Deuils de parents, d'enfants, de veuves,
Courbent tous les fronts recueillis,
Mettant aux yeux des larmes neuves.

Les genoux fléchissent nombreux
Une ombre voile les prunelles,
Avecun plaisir douloureux
Les mains tressent des immortelles.

Les bras de couronnes chargés,
Les lèvres lourdes de prières,
On rencontre un tas d'étrangers
Qui vous semblent soudain des frères.

Les chers morts nous rapprochent tous,
Tant de souvenirs sont les mêmes...
Et des sanglots, des sanglots fous,
Sortent du fond des chrysanthèmes.

Des crêpes flottent tout tremblants,
Sombres, sur les pierres tombales;
Des pas très vifs, des pas très lents,
Résonnent près des froides dalles.

Chacun s'en va, le cœur lassé,
Rendre une suprême visite
A ce petit tertre glacé
Où tout un chaud passé palpite !

Et nos morts, nos morts adorés,
Tressaillent dans une autre sphère —
Yeux bleus, yeux noirs, pleurez, pleurez !
Mais ne regardez pas la terre !

Relevons notre front pâli —
Ils sont tous là ceux qu'on regrette...
Le vrai sépulcre c'est l'Oubli —
Les tombeaux ont un air de fête.

Ils vivent puisqu'ils sont chéris
Les disparus que tant d'yeux pleurent
Et, seuls, les pauvres cœurs meurtris
Abandonnés, lentement meurent.

Les morts ne sont que des absents,
Mon âme aux vrais absents les mêle —
Leur souvenir trouble mes sens...
Et, malgré tout, la vie est belle.

Car cette vie est pleine d'eux,
Ainsi qu'une autre en sera pleine —
Sur ma tête un grand souffle heureux
Passe, et vient dissiper ma peine.

Chers bien aimés, prenez mes fleurs,
Prenez mon esprit en délire,
Prenez mon sourire et mes pleurs...
C'est pour vous qu'a vibré ma lyre!

Paris, 2 novembre 1899.

## L'OISEAU D'HIVER

Que fais-tu là, cher oiselet,
Voletant sur la neige blanche,
Blanche... d'une blancheur de lait
Où ton petit corps sombre tranche ?
On dirait, sur un grand linceul,
Une vivante larme noire...
Que fais-tu là, perplexe et seul,
Tu n'as rien à manger ni boire.
L'eau s'est transformée en verglas,
Plus d'insectes, plus une graine —
Tes pauvres petits membres las
Ce soir te soutiendront à peine !

Pourquoi t'attarder tant et tant ?
Plus de feuilles sur aucun arbre...
Tu t'agites tout grelottant...
Que fais tu dans ce champ de marbre ?

L'oiseau vers moi se retourna,
Son œil brillait comme une flamme.
Et, doucement, il fredonna
Ces mots: « Et toi ? que fais ton âme !
« Dans la solitude et le froid,
« A mon exemple, elle volète
« De ci, de là, pleine d'effroi —
« Elle attend aussi, la pauvrette !...
« Moi, j'espère encore un beau jour,
« Elle, sous les durs frimas, tremble,
« N'espérant rien... qu'un peu d'amour...
« Ah ! nous allons mourir ensemble...
« Car ni l'amour, ni le soleil
« Ne peuvent venir sous le givre —
« A toi, va, je suis bien pareil
« Et nous ne saurions nous survivre... »

. . . . . . . . . . . . . . . . . . . . . . . . . .

Paris, 8 janvier 1900.

## A MES DEUX BENGALIS
### (RUBIS ET PERLINETTE)

O bengalis, mes bengalis,
Chantez, chantez à gorges pleines ;
Mes petit oiseaux si jolis,
Votre voix allège mes peines.

Quand plus rien ne bouge alentour,
J'entends leur volètement frêle
Puis je les vois, avec amour,
Se caresser le bout de l'aile —
Le cœur, dans le mignon poitrail
Rouge, pointé de blanc, halète,
Et le tendre bec de corail,
Avec soin, parfait leur toilette.

O bengalis, mes bengalis,
Chantez, chantez à gorges pleines ;
Mes petits oiseaux si jolis.
Votre voix allège mes peines.

Ils ne sont pas apprivoisés...
Leur regard, chargé de tendresse.
Même au milieu de leurs baisers.
Exprime parfois la détresse,
Ils ont peur de tout et de tous,
Etrangers, loin de leur patrie —
Et leur chant, très clair et très doux,
Pénètre en mon âme meurtrie.

O bengalis, mes bengalis,
Chantez, chantez à gorges pleines ;
Mes petits oiseaux si jolis,
Votre voix allège mes peines.

Suffisez-vous, mes chers petits :
La patrie est là quand on s'aime;
Ici vous referez vos nids,
Et vous serez heureux quand même.
Voici de la graine et de l'eau,
Mangez, buvez... je vous envie !
L'amour, rien qu'en un cœur d'oiseau,
Verse du soleil dans la vie.

O bengalis, mes bengalis
Chantez, chantez à gorges pleines,
Mes petits oiseaux si jolis,
Votre voix allège mes peines,

Oui, même la captivité,
(N'en déplaise à votre air sauvage)
Vaut encor mieux, en vérité,
Qu'être tout seul hors de sa cage.
On oublie en aimant ses fers,
A deux la prison devient douce :
Un baiser vaut les bosquets verts,
Une caresse un champ de mousse !

O bengalis, mcs bengalis,
Chantez toujours à gorge pleines,
Mes chers petits oiseaux bénis...
J'écoute, et je n'ai plus de peines !

Paris, 25 janvier 1900.

## AVRIL

Les bourgeons, effarés, craquent le long des branches
Les ruisseaux, dans un élan fou,
Offrent, tout bondissants, leur miroir aux pervenches
On entend au loin le coucou...

Sur les champs encor nus, un vaste baiser plane,
La terre sent frémir son flanc ;
Des buissons d'aubépine un souffle pur émane,
Et l'on s'arrête tout tremblant —

Là, les arbres fruitiers revêtent leur parure
Pour saluer le renouveau ;
Et ce rose et ce blanc, précédant la verdure,
Fait chavirer notre cerveau...

Un parfum innommé trouble notre narine,
Et nous rend ivre en un moment;
Comme un bourdon d'airain, le cœur en la poitrine
Se met à battre éperdûment.

Et l'on croit au bonheur que ce monde refuse —
Tout devient symbole de foi:
L'âme retourne à Dieu, le poète à la Muse,
On porte un coin du ciel en soi.

Nos yeux, remplis d'azur. se ferment de tendresse.
Non, nous ne sommes pas maudits,
Puisque le chaud soleil de nouveau nous caresse,
Et nous parle du paradis.

Puisque le rossignol rechante en la ramure,
Sans souci, chantons avec lui;
Puisque sous le gazon une source murmure
Nous devons sourire aujourd'hui —

Sourire au mois d'Avril, à la première feuille,
Qui sait si bien sécher les pleurs;
Notre esprit apaisé doucement se recueille
Tandis que s'entr'ouvrent les fleurs.

Partout de jolis nids se dressent, vite, vite...
Bravo, chers maçons emplumés !
Votre exemple charmant à travailler invite,
Et tous les chagrins sont calmés.

Le luth entre les doigts, nous oublions la peine,
Transfigurés par ce beau jour —
Un tendre et long zéphyr parfume notre haleine
Nous ne renions plus l'amour...

Paris, 19 avril 1900.

## A MES FILS

C'est un secret que je vous livre,
Mes Fils... au regard transparent :
« Il faut pour être heureux de vivre
Que le cœur reste ouvert tout grand ! »

« Si toutefois il se referme
(Ecoutez bien ce que je dis.)
Nous sommes arrivés au terme —
Dieu nous réclame au paradis. »

Paris, avril 1900.

## SUR LE LAC DE GENÈVE

Ce beau lac, en sa transparence,
Me berce avec un soin jaloux —
Il me fait oublier la France...
Et cependant je pense à vous.

Je me reproche, comme un crime,
Le plaisir que vous n'avez pas —
Quand d'extase mon cœur s'abime
Ma lèvre vous nomme tout bas.

Les cormorans, à l'aile sombre,
Sillonnent l'air de bas en haut ;
Les blanches mouettes sans nombre,
Se posent sur l'azur de l'eau.

Glaciers, émergeant d'un nuage,
Pics noirs, à l'aspect menaçant,
Monts neigeux, sans taille, sans âge...
Vous faites bouillonner mon sang!

Notre âme ainsi que la nature
Offre bien des tableaux divers —
La joie est près de la torture
Et la prose, hélas! près des vers!

Mais ce qu'en l'âme rien ne trouble,
Pas plus qu'en ce vaste miroir,
C'est. . l'affection qui dédouble
Et préserve du désespoir!

**Vevey, 16 Juillet 1900.**

## EN BARQUE

*à Mademoiselle N. C.*

Quand les rames effleurent l'onde,
Vous emportant loin des humains,
Est-il rien de meilleur au monde
Que de réunir quatre mains ?

Et, sous un large clair de lune,
Glissant sur les grands flots nacrés,
De voir s'allumer, une à une
Les étoiles, flambeaux sacrés ?

De se sentir à deux bercées,
Doucement, sans choc et sans bruit,
De laisser glisser ses pensées,
Dans le sein profond de la nuit ?

D'admirer les étranges formes
Des glaciers au vague contour,
Les monts neigeux, masses énormes
Que la brume voile alentour?

D'entendre, de sa lèvre émue,
S'élever un hymme au Seigneur;
De sentir se troubler sa vue
Par l'eau suprême de son cœur?

... O mon enfant, c'est une joie
Qu'il faut goûter pieusement —
Toute peine ardente se noie
Sous le souffle du bleu Léman!

Vevey, 11 Août 1900.

## IMPROVISATION

(PAROLES RELEVÉES À MON INSU
ET DÉPOSÉES LE LENDEMAIN SUR MON BUREAU)

Improviser... oui, sur la lyre
Trouver des accents inconnus,
Que nul n'a lus, ni pourra lire
Et qu'on n'entendra jamais plus.

Sentir, dans un bruissement d'ailes,
Sa pensée atteindre les cieux,
Son cœur s'envoler avec elle —
C'est un plaisir délicieux !

Aussi, sur ma triste poitrine,
Je presse l'instrument sacré :
Oubliant ce qui me chagrine,
Je chante après avoir pleuré.

Oui, je chante, et mon chant m'enivre...
La rose ne dure qu'un jour ;
Mais celui là doit toujours vivre
Qui porte dans son sein l'amour.

L'amour ? ... Est ce ainsi qu'on le nomme
Ce sentiment qu'on garde en soi,
Qui fait presque un héros d'un homme
Et qui ne connait pas de loi ?

Commença-t-il sur cette terre,
Lui qui n'aura jamais de fin,
Ou bien fut-il toujours ? — Mystère !
Qu'est le rêve ? qu'est le parfum ?

Qu'est l'immortelle poésie ?
— Toujours ils furent, et seront.
Je les chante avec frénésie,
Et leur éclat baigne mon front.

Dépassant ce qu'on imagine
En transfigurante clarté,
O tendresse sans origine,
Tu me prouves l'Eternité.

Oui, grâce à toi, mon âme encore,
Traversant des siècles nombreux,
Retrouvera ce qu'elle adore...
Croire à cela c'est être heureux.

Voilà pourquoi je suis ravie.
Ma Muse se tait de bonheur...
En chantant l'éternelle vie
Elle a fait éclater mon cœur.

Vous qui m'écoutez, je vous aime
D'un amour qui n'a rien d'humain ;
Ce chant est un baiser suprême
Et mon luth échappe à ma main !!

Paris, 22 Avril 1901.

## PROMENADE NOCTURNE

*A mes enfants*

O mes Fils... mes Fils que j'adore,
Levez vos grands regards aux cieux !
Contemplez, contemplez encore
Et serrez-moi contre vous deux...

Voyez ici, c'est la grande Ourse,
Char divin qui s'ébranle au loin,
Poursuivant l'éternelle course,
Dont l'homme reste froid témoin.

A côté, l'étoile polaire
Se distingue par sa fierté,
Et dans la nuit, la nuit très claire,
S'étend le long chemin lacté.

On dirait là-bas, sur la voûte,
Du lait qu'on aurait répandu,
Ou bien une ouateuse route
Que parcourt notre œil éperdu.

Eh bien (ô mes Enfants que j'aime) ..
Ce sentier, que nous admirons,
C'est un assemblage suprême
D'astres, qui grouillent sur nos fronts !

Ce sont des feux, bien plus... des mondes!
Qui se pressent dans le lointain,
Et les immensités profondes
Nous montrent leur groupe incertain,

Blanc, de la blancheur adoptée
Par les spectres des esprits fous,
Qui, sous une forme lactée,
Ramènent nos morts parmi nous.

O mes Mignons... plus haut, brillante,
Voyez l'étoile du berger...
Sa lueur douce, vacillante,
Semble prévenir tout danger.

Ici, ce doit être Saturne
Ou Vénus, ou Mars... ô mes Fils,
On dirait une divine urne,
Pleine de trésors infinis.

Cela scintille et s'entrecroise
Dans un désordre riche et beau —
En bas la mer, couleur d'ardoise,
Fait un fond sombre à ce tableau.

Les phares, qui transpercent l'ombre,
Ont l'air pauvres dans tout cet or,
Et notre intelligence sombre...
Mes Enfants, regardez encor !

Que votre voix fraîche et si pure
Se mêle à celle des grillons,
Animant seule la nature
Endormie... ô, mes Fils, prions !...

Relevez la tête — surprise !
Relevez-la, mes chers Amours ;
Un nouveau miracle me grise...
Admirez, admirez toujours :

Par instants, dans le ciel sans tache,
Après avoir brillé, plus clair,
Un astre soudain se détache,
Et glisse longuement dans l'air...

Où va-t-il ? Qui sait nous le dire ?
Qui peut s'en douter ici-bas ?
Que sont ces astres qu'on voit luire,
Puis se perdre à nos yeux, hélas ! ?...

Il faut adorer, et se taire
Devant un spectacle si grand —
Ces étoiles, pour notre terre,
Sont... « les larmes de Saint Laurent ».

Explication très touchante :
L'âme du saint pleure ces feux,
Enfants... votre Mère les chante. —
Maintenant fermez vos chers yeux !!

Chay, près Royan, Août 1901.

## ENVOI D'ŒILLETS SAUVAGES

Un grand pin leur donnait son ombre,
Ils s'éparpillaient alentour,
Sauvages, frêles, et sans nombre,
Ils semblaient me parler d'amour...

Je brisai d'une main distraite
Leur tige qui tremblait un peu —
Les arrachant à leur retraite
Je les portai sous le ciel bleu.

Là, dans un chaud rayon de vie
Le soleil d'or les colora,
Et mon âme étrange, ravie,
Un long moment les adora...

Je les glisse dans cette lettre
Avec une lente ferveur,
Et les charge de vous transmettre
Les plus doux pensers de mon cœur.

Chay, 29 Septembre 1901.

## IMMORTEL AMOUR

(MIS EN MUSIQUE PAR M. M. R.)

Dans la nuit, dans la nuit sans voile
Qui nous parle d'éternité,
J'ai vu briller comme une étoile,
Ta bonté !

En vain, touchante autant que belle,
La rose une heure me sourit,
Il faut à mon âme immortelle
Ton esprit.

Lasse de ce qui passe vite :
Tendresse ne durant qu'un jour...
Je garde en mon cœur qui palpite
Ton amour.

Et je t'aime à jamais, sans trêve !
Dieu d'infini nous a grisés,
Retenant pour l'éternel rêve
Nos baisers !

Paris, 14 Décembre 1901.

## CHEVEU BLANC

Le premier de mes cheveux blancs
Je te l'offre comme un trophée :
Vois, ce matin mes doigts tremblants
Pour le cueillir m'ont décoiffée.

Ce fil, ce pauvre fil d'argent,
Que de mon front ému j'arrache,
Pour nous n'aura rien d'affligeant,
Puisqu'à moi plus fort il t'attache.

Vieille, on ne m'aimera plus tant,
Tu me l'as dit, et peu m'importe !
Si tu dois en être content,
Et m'adorer, toi... même morte.

La mort n'est qu'un mauvais moment
Qui nous porte en une autre vie,
Où l'on s'aime éternellement...
Va, de vieillir, je suis ravie !

Accepte-le ce blanc cheveu
Dont mon âme te fait hommage,
Et jure... oh ! jure devant Dieu.
Que notre amour se rit de l'âge !

Paris, 19 Décembre 1901.

## CREDO !

(MIS EN MUSIQUE PAR L. G.)

Si tu me disais, tout bas à l'oreille,
Que la mer sans fond peut se mesurer,
Que le raisin vert qui pend à la treille
Avec un baiser on peut le dorer,
Je t'écouterais, sans oser sourire,
De l'air d'un enfant qui s'étonne un peu,
Mes yeux dans tes yeux chercheraient à lire,
Et... je te croirais comme on croit en Dieu !

Si tu me disais, buvant mon haleine
Que le zèbre un jour on le domptera,
Que les chagrins fous dont la vie est pleine,
Un seul mot de toi les effacera —
Sur ton sein vibrant s'appuierait ma tête,
Et, le front levé vers l'infini bleu,
Je verrais en toi quelque grand prophète,
Et... je te croirais comme on croit en Dieu !

Si tu me disais en tremblant : « Je t'aime... »
Cet aveu, sorti de ta lèvre en feu,
Chasserait de moi le doute suprême
Et... je t'aimerais comme on aime Dieu !!!

Paris, Décembre 1901.

## HALLUCINATION

J'ai vu, devant mes yeux brûlés,
Brûlés par d'innombrables larmes,
J'ai vu des fantômes ailés
Qui glissaient entre de vieux charmes.

Dans le soir sombre, tout là-bas,
Ils s'entrecroisaient sans rien dire,
Et tous tendaient vers moi leurs bras,
D'un geste qu'on ne peut décrire...

Cela passait, blanc dans la nuit,
Comme quelque écharpe enlaçante,
M'appelant, sans voix et sans bruit,
Par leur attitude angoissante :

« Viens, oh ! viens nous te chérirons ! »
Semblaient jurer ces formes blanches...
Et leurs fronts livides, leurs fronts
Etaient couronnés de pervenches !

Leurs yeux n'avaient point de regard,
Mais je les devinais, tremblante...
Et toutes marchaient au hasard
D'une allure fantasque et lente.

Elles se rapprochaient de moi,
Et mon âme, de terreur pleine,
Dans un inexplicable émoi,
Sentait passer leur froide haleine....

J'avais peur, et c'était très doux ;
Je croyais, ainsi qu'en un rêve,
Recevoir de longs baisers fous
Sur ma tête pleuvant sans trêve.

Puis tous ces spectres, alentour,
Doucement serraient leur étreinte ;
C'était comme un cercle d'amour,
J'éprouvais une ivresse sainte...

. . . . . . . . . . . . . . . . .

Et mes yeux de larmes brûlés
Furent clos par la main amie
De ces chers fantômes ailés...
Alors je me suis endormie !

Paris, 7 Janvier 1902.

## VOUS NE SAVEZ PAS

Vous ne savez pas (car c'est un mystère)
Ce qui se déroule en mon âme en feu.
Si vous le saviez il faudrait le taire:
En parlant parfois on offense Dieu.
Nous pouvons avoir des pensers infâmes,
Que le ciel pardonne aux sens éperdus
Quand nous les broyons au fond de nos âmes.
Vous ne savez pas... et... je ne sais plus !

Vous ne savez pas les larmes cuisantes
Que pleurent souvent mes pauvres yeux fous,
Vous ne savez pas les heures pesantes
Qu'il m'a fallu vivre en vous trompant tous :

J'ai voulu sembler de marbre et de glace,
Tandis qu'un volcan fumait dans mon cœur —
Vous ne savez pas combien je suis lasse,
Vous ne savez pas... et c'est un bonheur !

Mais ne doutez pas (car tout se compense)
Qu'en un autre monde on peut être heureux...
Vous ne savez pas tout ce que je pense
Vous ne savez pas... et cela vaut mieux !

Paris, 18 Janvier 1902.

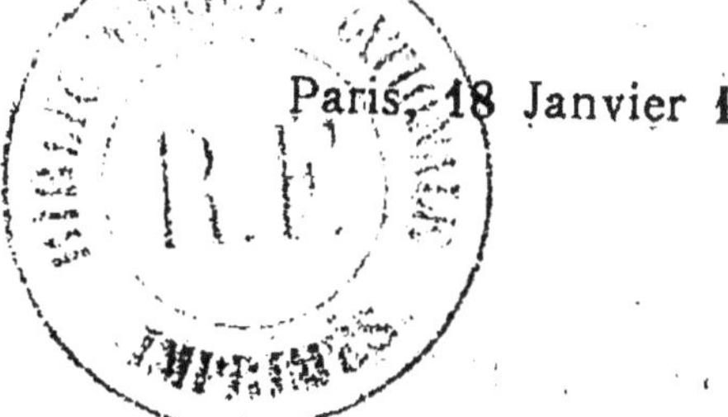

## A UN GARDÉNIA

Gardénia si pur, si blanc..
Je te salue avec ivresse.
Ton parfum, ton parfum troublant
Me fait l'effet d'une caresse :

C'est un mélange d'oranger,
De narcisse et de tubéreuse
Et, sans souci de ton danger,
Je te respire, heureuse, heureuse !

Abandonner la terre ainsi
Comme divin cela doit être !
Fleur ensorcelante, merci,
Pour l'extase qui me pénètre.

Ma lèvre, comme en un baiser,
Cherche le fond de ton calice
Et rien, rien ne peut apaiser
Le feu qui dans mes veines glisse.

Je me rappelle... et je revis
Les heures jadis embaumées
Par ta senteur, mes yeux ravis
Retrouvent les choses aimées...

Des choses bien mortes, hélas !
Mais que ton odeur ressuscite,
Et qui dans mon cœur las, très las,
Font une pieuse visite.

Et j'aspire avec volupté
L'âme échappée à ta corolle,
Et mon cœur, mon cœur transporté,
Bondit en une course folle :

Il rattrape les jours, les mois,
Que sans pitié le temps emporte,
Me rendant le cher autrefois
Tout plein de la tendresse morte.

Dis-moi que l'amour, ce parfum,
Si semblable au tien, qui me tue,
Renaît délirant et sans fin,
Que la douleur le perpétue !

. . . . . . . . . . . . . . . . . . .

Paris, 2 Juillet 1903.

## A MON FILS CHARLES

### I

Lorsque tu seras grand et que je serai vieille,
Mes yeux, mes yeux éteints, chercheront ton baiser,
Et ce baiser, tombé de ta lèvre vermeille,
Viendra sur mes cheveux, blancs, tout blancs, se poser.
Un long frémissement alors saura remettre
De la chaleur d'antan en mes membres raidis,
De ton émotion tu ne seras plus maître
Et notre amour fera l'effet d'un paradis !
Tu soutiendras mes pas à ton tour — oh ! merveille !
Je sentirai soudain tous mes maux s'apaiser...
Lorsque tu seras grand et que je serai vieille
Mes yeux, mes yeux éteints, chercheront ton baiser.

## II

Comme des amoureux, aux rayons de la lune,
Nous irons à pas lents par les sentiers déserts,
Et mes illusions reviendront une à une
Et nous les grouperons ensemble en de beaux vers.
Je te confesserai les secrets de ma vie ;
Toi, tu tressailliras à ces échos du cœur, —
Ton âme en restera divinement ravie...
Je ne craindrai jamais ton sourire moqueur.
Ta tendresse pour moi n'aura plus de lacune...
Tu compteras mes pleurs et mes regrets amers,
Comme des amoureux, aux rayons de la lune,
Nous irons à pas lents par les sentiers déserts.

## III

Tu saisiras alors plus d'un vague mystère
Que je voilais jadis à ton esprit d'enfant ;
Tu me remercieras d'avoir su te les taire
Et d'avoir épargné ton bonheur triomphant.

A mes sanglots cachés tu trouveras un charme,
Charme que l'on accorde à tout chagrin passé...
Et tu rafraîchiras d'une pieuse larme
Mon cœur tout pantelant, mais loin d'être glacé.
Et ce cœur assoiffé, que rien ne désaltère,
Verra se terminer son supplice étouffant —
Tu saisiras alors plus d'un vague mystère
Que je voilais jadis à ton esprit d'enfant.

## IV

Ce que nul être encore ici-bas ne soupçonne
Quand tu seras un homme enfin tu le sauras.
A ce ressouvenir si mon vieux corps frissonne
Tu n'auras qu'à jeter autour de moi tes bras.
Et, ne sachant plus rien sinon que je t'adore,
Satisfaite d'avoir pu pour toi souffrir tant,
J'appuierai sur ton sein mon visage incolore,
Pour entendre les coups de ton cœur palpitant.
Nous serons tous deux seuls, épiés de personne,
Ta main forte étreindra mes doigts frêles et las,
Ce que nul être encore ici-bas ne soupçonne,
Quand tu seras un homme enfin tu le sauras.

## V

Lorsque tu seras grand et que je serai vieille
Mes yeux, mes yeux éteints chercheront ton baiser.
Et ce baiser tombé de ta lèvre vermeille
Viendra sur mes cheveux, blancs, tout blancs se poser.
Je te dirai bien bas le souci qui me tue
De cet accent touchant que seuls ont les très vieux...
Tu comprendras pourquoi toujours je me suis tue,
Et... tu m'adoreras, et je t'aimerai mieux !
Tu soutiendras mes pas à ton tour — oh ! merveille !
Et tu verras soudain tous mes maux s'apaiser —
Lorsque tu seras grand, et que je serai vieille
Mes yeux, mes yeux éteints chercheront ton baiser ?

Paris, 1er Octobre 1903.

*
* *

J'avais dans l'âme une blessure ;
Je l'ai montrée au flot berceur,
Au flot magique qui susurre...
Il l'a pansée avec douceur.

J'avais dans l'esprit un beau rêve,
Un rêve fou, mensonge amer,
Je l'ai caressé sur la grêve...
Il a disparu dans la mer.

Au cœur j'avais une tendresse
L'océan aux grands reflets d'or,
A voulu que je la confesse...
Et depuis elle augmente encor !

Ile Tudy, 12 Août 1904.

## VIE ANTÉRIEURE

PREMIER COUPLET

Te souviens-tu du premier jour
Où je me trouvai sur ta route ?
T'en souviens-tu, mon cher amour ?
Mon âme s'est ouverte toute...
Je t'ai souri sans trop savoir
A qui s'adressait mon sourire,
C'était pour moi comme... « un revoir... »
J'avais cent choses à te dire.

REFRAIN

Ton œil, où j'aime à me mirer,
Me reflétait, pâle et ravie,
Tu prenais comme un bien ma vie
... Autrefois j'ai dû t'adorer.

### DEUXIÈME COUPLET

Et je respirais ton haleine
Comme un air manquant à mes sens,
Et ta voix de passion pleine
Me rappelait d'autres accents.
J'écoutais ton cœur battre... battre...
Mon pauvre tympan angoissé
Comptait ses coups : « Un ! deux ! trois ! quatre !
... Les mêmes que dans le passé.

### REFRAIN

Ce passé, fugitive aurore
Qui m'échappe dans l'infini...
Passé vague autant que béni...
Je le devine... et je t'adore !

### TROISIÈME COUPLET

J'adore ce front soucieux
Qu'un seul mot de ma bouche éclaire —
Où donc ai-je admiré tes yeux
Qui versent sur moi la lumière ?
Dans un monde, un monde meilleur,
Dieu sans doute nous a fait naître
Mon cœur y possédait ton cœur,
Et puis... nous sommes morts peut-être ?..

## REFRAIN

Ne ris pas ! Respecte ma foi :
Notre tendresse est éternelle...
Jadis, aujourd'hui, toujours elle,
La même, la seule... crois-moi !!

Paris, 1904.

*
* *

Quand nous sentons sourdre la haine
Dans notre âme, quand nous sentons
Se changer en courroux la peine
Qui nous étreint... chantons ! chantons !

## A MON MAURICE

Mon fils... mon enfant adoré,
De mes jours cher rayon doré !
Dans ton grand regard azuré,
Lorsque j'avais beaucoup pleuré
Je trouvais un baume sacré
Qui pansait mon cœur ulcéré.

De douleurs toujours poursuivie
Mon âme tout à coup ravie
Se prenait à goûter la vie.
Et, de tendresse inassouvie,
Sur la pente avec toi gravie,
Je me sentais digne d'envie...

Quand je vais la main dans ta main,
Je n'ai plus peur du lendemain,
Et, si les pierres du chemin,
Me déchirent... va, c'est en vain,
Car, sous ta lèvre de carmin,
Je pardonne au monde inhumain.

Ton baiser me défend la haine
Et sa puissance est souveraine —
Comme un parfum de marjolaine
Je respire ta fraîche haleine...
Sans effort je me rassérène
Aux doux mots que ta bouche égrène.

Tous les propos déconcertants
Des ingrats et des mécontents
Pour moi ne sont plus insultants,
A l'abri de ton beau printemps...
Buvant tes espoirs éclatants,
O mon fils, je n'ai que vingt ans !

Pour ne pas ternir ta jeunesse
Il faut que par toi je renaisse,
Oubliant tout ce qui me blesse,
Je tiens l'illusion en laisse —
Tou bonheur chasse ma détresse...
Soyons heureux avec ivresse !!

*Paris* 18 Février 1901

## LE HIBOU

Ou, ou, ou, ou, ou,
La voix du hibou

Etonne mes sens en détresse —
Est-ce une plainte, une caresse,
Ce long bruit pour moi tout nouveau ?
Il trouble mon pauvre cerveau
Où tout se heurte et se mélange...
Puis résonne éloquent, étrange...

Ou, ou, ou, ou, ou, —
La voix du hibou

Jette, en mon esprit qui chancelle,
Comme une bizarre étincelle —
Cela brille et cela s'en va,
Ainsi que tout ce qu'on rêva...
Dans le silence des ténèbres
Je sens frissonner mes vertèbres.

Ou, ou, ou, ou, ou,
La voix du hibou.

Gémissant à travers l'espace,
Vient parler à mon âme lasse
Un langage inventé pour moi,
Et que j'écoute avec émoi, —
Car à mon oreille ravie
Cela chante : « Eternelle vie ! »

Ou, ou, ou, ou, ou,
La voix du hibou

M'ébranle jusqu'au fond de l'être,
Puis me fait tout à coup renaître,
Reprenant : « Ton malheur est mort,
«Et je viens le crier très fort...
«Il est mort !... Une paix immense
«Va succéder à la démence — »

Ou, ou, ou. ou' ou,
La voix du hibou

Plus pénétrante encore traîne:
« Morts le noir chagrin et la haine,
« Ecartons leurs spectres hideux;
« Rouvre ton cœur, sèche tes yeux,
« L'affreux mensonge et la souffrance,
« Bien morts !... Plus de désespérance!»

. . . . . . . . . . . . . . .

Ou, ou, ou, ou, ou,
La voix du hibou

Fléchit et devient infiniment douce...
L'aube se répand sur la verte mousse ;
Transparente, l'ombre a fait place au jour,
Le son affaibli balbutie : « Amour ! »
Ou, ou, ou, ou, ou... Le soleil rayonne —
De loin le hibou dit : « Crois et pardonne ! »

Erfurt, 24 Mai 1911.

## BALLADE DES DÉSESPÉRÉS

Vous qui serez jugés à votre tour,
Epargnez ceux que poursuit votre haine,
Vous leur avez retiré votre amour,
Cela suffit sans accroître leur peine,
C'est bien assez d'avoir rompu la chaîne
Sans les frapper de ses anneaux brisés...
Par la surprise ils sont galvanisés —
Ayez pitié de leur désespérance,
De tous les biens vous les avez lésés
Ne sont-ils pas sacrés par la souffrance. ?

Coupable même on ne peut, nuit et jour,
Gémir ainsi sous une injure vaine
Qui fait parfois souhaiter d'être sourd —
Est-il permis à la justice humaine
D'emplir sans cesse une coupe trop pleine ?
On laisse au moins parler les accusés !
Vos cris sans fin, vos mensonges osés,
Après des mois, des ans d'indifférence
Les ont, hélas ! suffisamment grisés —
Vous les avez sacrés par la souffrance.

Ayez pitié, aigle ou simple vautour,
De ces agneaux dont vous prîtes la laine...
Fous, écœurés, iis n'ont tout alentour
Que l'air brûlant de votre lourde haleine —
Laissez-les donc sortir de la géhenne.
Arrière tous... plus lâches que rusés !
Ils ont besoin des grands cieux irisés

. . . . . . . . . . . . . . . . .

Vivre, haïs ! ... quelle terrible transe !
Vos cruautés les ont divinisés...

. . . . . . . . . . . . . . . . .

Sacrés ils sont. Saluez la souffrance !

### ENVOI

Vous qui, tremblants, maintenant vous taisez,
Par le remords vous serez baptisés !
Car il ne faut plus de torture en France...
Chacun a droit au pain comme aux baisers —
Le repentir peut guérir la souffrance !...

Paris, 15 Novembre 1912.

## LE SOUVENIR

Ah ! le souvenir... dont l'âme s'abreuve...
Souvenir cruel ou souvenir doux...
Il nous met aux yeux une larme neuve,
Et vient réveiller le meilleur de nous :

Ce que l'on pensait depuis des années
A jamais enfoui comme en un tombeau —
Nos illusions, lentement fanées,
Grâce au souvenir reviennent sur l'eau.

Nous les revivons — Tout cela surnage...
Car le doigt du temps n'en a rien terni.
Et le souvenir, ce pieux mirage,
Nous fait croire encor que rien n'est fini.

Rien ! Les rêves fous, la foi, la tendresse,
Le pardon des maux que l'on a soufferts —
Le passé vibrant devant nous se dresse !
Tout est éternel — tout dans l'univers.

La mort n'est qu'un mot que la lèvre épelle,
Car tout se transforme et renaît sans fin —
Et le souvenir, agitant son aile,
Nous crie, éperdu, ce secret divin :

« Afin que le cœur de nouveau palpite,
« Je retourne en lui le glaive acéré —
« Ainsi que le sol, pour qu'il ressuscite,
« Il faut que souvent il soit labouré ! »

Paris, 17 Mars 1913.

## LE CERCLE D'OR

### — ALLIANCE —

Le double cercle d'or que vous m'avez donné
Ne forme qu'un anneau s'entr'ouvrant avec peine —
A le disjoindre en vain plus d'un s'est acharné,
Nous en avons jadis trop bien rivé la chaîne...
Il ne peut se briser ainsi qu'un brin de laine —
Si votre amour, hélas! s'est à jamais fané
Le double cercle d'or que vous m'avez donné
Ne forme qu'un anneau s'entr'ouvrant avec peine.

Quand tout sera fini : tendresse, douleur, haine,
Que mon cœur immobile aura tout pardonné,
Quand de la mort sur nous aura passé l'haleine,
Je veux qu'il brille encore à mon doigt décharné
Le double cercle d'or que vous m'avez donné.

Saint-Quay, Août 1913

## SEMENCE

Je sème, je sème, je sème,
A pleines mains, comme du blé
Qui germe dans l'ornière même,
Les restes d'un cœur mutilé.

Les sillons s'entr'ouvrent sans cesse,
(Terrains séchés, pierreux ou gras)
Et j'y verse de la tendresse,
Sans me soucier des ingrats.

Car l'âme que je fertilise
(Une entre mille, je le sais),
Sème à son tour — oh ! joie exquise...
Une entre mille, c'est assez.

Un épi, deux épis, la plaine
S'emplit bientôt d'épis nombreux —
Et l'amour chassera la haine
En rendant le méchant heureux.

Puis le bon... le bon en démence,
Ecrasé sous les coups du sort,
Recevra parfois ma semence
Et soudain redeviendra fort.

Un baiser, une étreinte douce
Font des merveilles... Ah ! semons,
Afin qu'un champ de bonheur pousse
Dans la campagne ou sur les monts.

Qu'on en rie ? Et qu'importe ! Même
Si l'on doit me faire encor mal
Je sème, je sème, je sème...
Et tout le reste m'est égal !

. . . . . . . . . . . . . . . . . . . . . .

12 Janvier 1918.

*
* *

Les mères ouvrent grands leurs bras,
Et leur âme se livre toute...
Mais les enfants sont des ingrats,
Nul d'eux ne sait tout ce qu'il coûte !

Tendresse, soins... çà leur est dû,
Et leur baiser est une aumône
Pour leurrer le cœur éperdu
Qui, sans recevoir, donne... donne...

Il donne, donne... sans retour,
Et sait bien que seul il adore,
Attendant... un semblant d'amour
Pour se dévouer plus encore...

. . . . . . . . . . . . . . . . . . . . . .

Juillet 1919.

## A MA PETITE-FILLE

Mon cher Trésor... un an ! Avoir un an c'est beau !
Avoir un an, vois-tu, ça vaut mieux que la gloire.
C'est le bonheur qui tient devant toi son flambeau !
Tes petits pieds joyeux trottent, criant : « Victoire ! »

Et ton œil étonné regarde, tour à tour,
Ta poupée et ton ours, la fenêtre fermée,
La neige, la lumière éclatante du jour,
Le ciel... moins pur que toi, ma douce bien-aimée...
. . . . . . . . . . . . . . . . . . . .

Et mon vieux cœur très las, ivre d'avoir souffert,
S'en va tout titubant vers le tien, ma Janine,
Car l'univers, pour moi, n'est plus qu'un grand désert
Où tu t'épanouis comme une fleur divine.

Un an... jamais mieux mienne, hélas ! tu ne seras,
Par un étroit lien nos âmes sont unies !
En priant Dieu je crois te serrer dans mes bras
Et je baise à genoux tes menottes bénies !

Paris, Janvier 1922.

## LETTRE A MON PETIT-FILS

Deux ans !... mon Tout Petit... oui, vous avez deux ans !
Que puis-je souhaiter à l'ange que vous êtes,
Blond, potelé. aux yeux si clairs et si luisants
Qu'on ne peut qu'applaudir à tout ce que vous faîtes ?

. . . . . . . . . . . . . . . . . .

D'abord soyez très fort, car il faut ici-bas,
Pour ne pas trop souffrir, quelquefois se défendre.
Soyez très bon aussi, mon Claude...
*Il ne faut pas*
*Faire pleurer !*
Soyez très juste, pas trop tendre...
Aimez bien simplement. Maître de votre cœur.
Gouvernez-le toujours. Si ce cœur vous emporte
Résistez fermement, et soyez son vainqueur.

Claude... garde ton âme aussi douce que forte.

Sois joyeux, la gaîté c'est le plus grand trésor:
Des marins avec elle ont affronté la houle...
Tu pourras diriger, allègre, vers le port
Ceux qui, n'en doute pas, te braveront en foule.
Et toujours vers le bien, vers le grand, vers le beau,
Marche, mon doux Enfant; c'est pour toi que je rime.
Avec sérénité, va, portant le flambeau
Qui montre, aux yeux de tous, le devoir et le crime!

. . . . . . . . . . . . . . . . . . . .

Pour l'instant, mon Cloclo, vis, sans penser beaucoup,
Et sans te soucier de la lutte suprême.
Jette tes bras chéris alentour de mon cou
Et donne un long baiser...

Ta grand'mère qui t'aime.

Paris, 15 Novembre 1926.

*
* *

A chaque nouvelle morsure
D'un être cher ou d'un méchant,
J'ouvrirai large ma blessure
Afin qu'il s'en échappe un chant...

. . . . . . . . . . . . . .

Paris, 23 Décembre 1926.

## A MONSIEUR P. A.

(AVEUGLE, AYANT SON FRÈRE AVEUGLE AUSSI)

Vers l'Armor je m'en suis allée...

. . . . . . . . . . . . . . . . .

Le train précipitait son cours,
Et la nuit, la nuit constellée
Me tenait d'étranges discours...

J'entendais, sans bien les comprendre,
Ces sons vagues, harmonieux,
Et je trouvais cela très tendre,
Tout en laissant fermés mes yeux :

Bientôt je les ouvris... surprise !
Combien riche le ciel si grand ! ...
De l'or, de l'or... (oh ! cela grise...)
Le spectacle était délirant.

Mais la douce étoile qui file,
Ami, je ne la peindrai pas —
Je l'abandonne à votre style...
Ma Muse est impuissante, hélas !

Dans sa mémoire mirifique,
Avec son organe touchant,
Pour cette grâce magnifique
Que votre frère trouve un chant !

Alors je me tairai, ravie ;
Lisant, écoutant tour à tour —
Belle me semblera la vie...
La nuit aura fait place au jour.

Tous les deux, privés de lumière,
Vous possédez de grands rayons
Qui manquent sous notre paupière
A nous, aveugles qui voyons.

Voilà comment le Dieu que j'aime
Console Ses grands Eprouvés :
L'Idéal est le bien suprême —
O mes chers Frangins, vous l'avez !!

Saint Quay, 1er Août 1927.

## TABLE DES MATIÈRES


A ma mère .......................... 7
A mon père ......................... 8
Invocation .......................... 9
A ma maman... ...................... 12
Sonnet à ma mère ................... 13
Prière à ma mère ................... 14
Sonnet ............................. 16
A vous .............................. 17
O Muse, viens chercher ma pauvre âme brisée ... 19
A mes chers bébés .................. 23
De poète à artiste ................. 26
Dieu de bonté de quelle argile ..... 28
A tous mes enfants .................. 30
Mes larmes ......................... 32
Sur le sommet des monts ............. 34
Après l'orage ...................... 35
Gerbe de roses ..................... 37
Ma Langue .......................... 40
Promenade sur l'eau ................ 45
Le cor retentit tout là-bas ........ 50
Voyage nocturne .................... 51
En regardant l'Ile de Ré ........... 54
Le ciel a refait sa toilette ....... 55
O vents tumultueux ................. 57
A Picolet .......................... 59

Le jour des morts ........................ 62
L'oiseau d'hiver ........................ 65
A mes deux Bengalis ........................ 67
Avril ........................ 70
A mes fils ........................ 73
Sur le lac de Genéve ........................ 74
En barque ........................ 76
Inprovisation ........................ 78
Promenade nocturne ........................ 81
Envoi d'œillets sauvages ........................ 85
Immortel amour ........................ 87
Cheveu blanc ........................ 89
Credo ........................ 91
Hallucination ........................ 93
Vous ne savez pas ........................ 96
A un Gardénia ........................ 98
A mon fils Charles ........................ 101
J'avais dans l'âme une blessure ........................ 105
Vie antérieure ........................ 106
Quand nous sentons sourdre la haine ........................ 109
A mon Maurice ........................ 110
Le hibou ........................ 113
Ballade des désespérés ........................ 116
Le souvenir ........................ 119
Le Cercle d'or ........................ 121
Semence ........................ 122
Les Mères ouvrent grands leurs bras ........................ 124
A ma petite fille ........................ 125
Lettre à mon petit fils ........................ 127
A chaque nouvelle morsure ........................ 129
A Monsieur P.A ........................ 130

*Achevé d'imprimer*

*pour les Editions " LES GÉMEAUX "*

*le 15 Mai mil neuf cent vingt-neuf*

par

*L'IMPRIMERIE ARTISTIQUE DE L'OUEST*

*5, Rue Yvers, Niort*

---

# EXTRAIT DU CATALOGUE

## POÈTES CONTEMPORAINS

ANDRÉ ROMANE :

*Les Pipeaux du Faune.* **Prix Jacques Normand.**
*Les Délassements Amoureux.* **Prix Fouraignan.**
*Raisons de Vivre.* **Prix Catulle Mendès 1928.**

B. GALERON DE CALONNE :

*Dans ma Nuit.* (4e édition) **Ouvrage couronné par l'Académie Française.**

GENEVIÈVE DUHAMELET :

*Pour l'Amour de l'Amour.* **Prix Jacques Normand.**

JOSEPH-EMILE POIRIER :

*Plus haut que soi-même.* **Ouvrage couronné par l'Académie Française.**

JEAN RENOUARD :

*Aube et Crépuscule.* **Ouvrage couronné par l'Académie Française**

JACQUES GAUSSERON :

*Les chants de la Mer.* **Ouvrage couronné par l'Académie Française.**

EMILE MOUSSAT :

*Sous le Ciel d'Allemagne.* **Prix Sully-Prudhomme.**

EDOUARD HANNECART :

*Les Heures Immortelles.* **Ouvrage couronné par l'Académie Française.**

GAUTHIE-FERRIÈRES :

*Le Miroir Brisé.* **Prix Spiritualiste**

JEAN GOLAY :

*Rimes de Jeunesse.*

MARC-ANDRÉ FABRE :

*Le Manteau Partagé.*

JEAN DE FOVILLE :

*Les Cyprès.*

ANTOINE DE COURSON :

*Parmi les feuilles mortes.*

MARCEL DUMENGER :

*Le sang de l'Ame*

JEAN LE LEC :

*La Messe du soir*

CHRISTIANE DE THRACY :

*Marquis et Marquise*
*Poésies diverses.*

CAMILLE BRUNO :

*Tambours voilés.*

HENRY D'YVIGNAC :

*Nous deux.*

MAURICE VALETTE :

*Le Coffret aux clous d'or.* **Prix J. Normand.**
*Le Nid du Toit.* **Ouvrage couronné par l'Académie Française**
*La Flûte de Roseau.*

---

*Compte de Chèques postaux : 443-44, Paris (d'Yvignac)*

www.ingramcontent.com/pod-product-compliance
Lightning Source LLC
LaVergne TN
LVHW012014220826
846092LV00001B/343
*9782329197029*